不ㄅㄨˋ可ㄎㄜˇ以ㄧˇ
做ㄗㄨㄛˋ到ㄉㄠˋ一ㄧ半ㄅㄢˋ
就ㄐㄧㄡˋ放ㄈㄤˋ棄ㄑㄧˋ，
要ㄧㄠˋ堅ㄐㄧㄢ持ㄔˊ到ㄉㄠˋ最ㄗㄨㄟˋ後ㄏㄡˋ。

仔ㄗˇ細ㄒㄧˋ看ㄎㄢˋ看ㄎㄢˋ
家ㄐㄧㄚ人ㄖㄣˊ的ㄉㄜ作ㄗㄨㄛˋ法ㄈㄚˇ，
用ㄩㄥˋ心ㄒㄧㄣ記ㄐㄧˋ住ㄓㄨˋ。

要ㄧㄠˋ開ㄎㄞ開ㄎㄞ心ㄒㄧㄣ心ㄒㄧㄣ、
充ㄔㄨㄥ滿ㄇㄢˇ活ㄏㄨㄛˊ力ㄌㄧˋ的ㄉㄜ幫ㄅㄤ忙ㄇㄤˊ。

來幫忙囉！
家事‧小‧幫手

文◆辰巳 渚　圖◆住本奈奈海

譯◆詹慕如

開心做家事的時間，馬上就要開始了！
先從大張圖片裡找一找「能幫忙的地方」，
再試著挑戰各種不同的家事吧！

✽ 目 錄 ✽

打ㄉㄚˇ掃ㄙㄠˇ、整ㄓㄥˇ理ㄌㄧˇ ……… 4

洗ㄒㄧˇ衣ㄧ和ㄏㄜˊ收ㄕㄡ納ㄋㄚˋ ……… 16

打ㄉㄚˇ掃ㄙㄠˇ、整ㄓㄥˇ理ㄌㄧˇ

糟糕！
房間裡怎麼又髒又亂的？
大家一起來打掃，
讓房間恢復整潔吧。

找一找能幫忙的地方 有幾項是自己能做到的事呢？

◆ 爸爸為什麼摸著自己的腳呢？

◆ 掉落到垃圾桶外的垃圾，該怎麼辦呢？

◆ 桌子上好亂，沒地方擺點心了。

◆ 畫畫的時候不小心畫到桌面上了。

◆◆◆ 再試著找一找其他地方吧！

使用抹布

家裡變髒的時候，只要用抹布一擦，
就會變得很乾淨。
灑在桌上的牛奶、地板上的汙漬，
還有手沾在玻璃上的痕跡，都可以擦得乾乾淨淨。
拿起用力擰乾洗淨的抹布，用心的擦，
讓房間變得亮晶晶吧！

媽媽，衛生紙！

啊，牛奶打翻了！

沒關係，我們一起用抹布來清潔吧。

抹布的折法

依照①到③的順序，把薄毛巾折起來使用。

①
②
③

有沒有對齊邊緣，仔細疊好呢？

乾淨的面會出現幾次呢？

張開雙手的手掌，把抹布折成跟兩隻手掌差不多的大小，使用起來很方便喔！

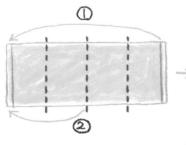

髒了之後再重新折疊，一開始折整齊，重新折過後就會露出乾淨的一面。

擰抹布

把抹布折成雙手可同時握住的大小。

手腕往裡面轉，用力一擰。像握刀時的手一樣，讓力氣集中在手掌心。

放開下方的手重新握好，再擰一次。

有沒有好好擰乾呢？

擦桌子

擦拭灑在桌上的牛奶和點心屑時，最好從外往內包圍，避免讓髒的地方擴大。

擦拭黏在桌上的果醬時，指尖要一點一點用力搓。

擦拭堆積在角落的灰塵時，可以把抹布裹在食指上，一點一點擦。

基本擦法

擦桌子時，要把整張桌子都擦乾淨，最好大範圍移動手臂，使抹布左右來回。

沿著箭頭的方向移動抹布！最後沿著邊緣繞一圈。

洗抹布

髒掉的抹布要洗乾淨，方便下次使用。

在裝滿水的桶子裡，用雙手搓揉抹布，洗掉髒汙。

如果抹布沒曬乾，容易變臭喔。

擰乾後記得晾乾。

不可以這麼做！

你有沒有像這樣洗抹布呢？

* 把抹布揉成一團。咦？怎麼都擰不乾？
* 橫向拿抹布。光靠手指的力量是擰不乾的。

桌子變乾淨感覺真好。

咦？窗戶也髒了。

那接下來把窗戶擦得亮晶晶吧。

擦窗戶（ㄘㄚ ㄔㄨㄤ ㄏㄨ）

看看家裡的玻璃，
有沒有霧霧的、看不清楚外面呢？
窗戶外面容易沾上灰塵，
裡面容易沾上我們手的痕跡。
把窗戶擦乾淨，會覺得家裡空氣也變得舒服喔。

先準備擰乾的溼抹布和乾抹布。

我負責溼抹布。

我負責乾抹布。

不用清潔劑也能擦得很乾淨喔！

基本擦法（ㄐㄧ ㄅㄣˇ ㄘㄚ ㄈㄚˇ）

先用溼抹布擦掉整體髒汙。如果有手的痕跡和泥巴的痕跡，再特別仔細擦拭這些地方。

接著用另一條乾抹布擦，擦法跟第 7 頁擦桌子時一樣。

窗戶外面的擦法（ㄔㄨㄤ ㄏㄨˋ ㄨㄞˋ ㄇㄧㄢˋ ˙ㄉㄜ ㄘㄚ ㄈㄚˇ）

用乾抹布或橡皮刮刀擦拭整面窗。

用橡皮刮刀擦過後，再用抹布把窗框邊的水擦乾淨，看起來會很清爽喔。

經常觸摸的地方會留下手垢，最後也別忘了擦窗框。

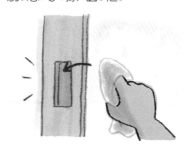

走到陽台或院子裡擦窗戶外面時，可以用水直接沖掉髒汙。

使用吸塵器

吸塵器可以一下子就把很大的空間打掃乾淨，
是我們打掃時的好幫手。
學會使用吸塵器的訣竅，
好好打掃自己的房間和遊戲室吧！

打掃前先把地上的玩具整理乾淨喔！

好。

開始整理！

用吸塵器吸地

握好把手！

從角落開始吸遍整個房間。

從這裡開始

不要太用力，慢慢的滑動。

別忘記椅子和桌子底下。

這裡要特別注意！

不要太用力撞牆壁和椅子。

角落的灰塵可以用尖嘴型的吸頭吸乾淨。

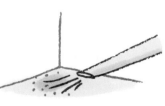

電源線如果纏到家具或自己身上，會很危險喔。

沿著榻榻米和木板間的細縫移動吸塵器，可以把細縫的髒東西也清乾淨。

在外面玩沙回來，弄髒了地板，或是不小心讓食物掉到地上時，用吸塵器很快就能讓地板恢復乾淨了。

整理大家共用的空間

能夠一家人開開心心聚在客廳裡，
是一件很美好的事，
但是也因為這樣，客廳裡堆滿了所有人的東西。
只要每個人把自己的東西收拾好，
就可以讓客廳變得很乾淨。

收拾自己的東西

拿新玩具時，記得把玩完的玩具放回去，
這樣東西就不會愈堆愈多了。

晚上睡覺前記得收拾自己的東西唷！

晚安

整理大家的東西

客廳是大家共同使用的空間，除了自己的東西，也要幫忙整理大家的東西，這樣每個人都會很高興喔。

整理房間

把隨地亂放的坐墊放回原本的位置。

把掉在地上的電視遙控器放回桌上或電視架上。

晚上如果窗簾沒有拉上，你會不會幫忙拉上呢？

整理自己的空間

自己的房間和遊戲室，
平常是誰整理的呢？
家人沒幫忙的時候，也要學會自己收拾。
收拾的祕訣很簡單，
只要把東西放回原處就行了。

收拾前的準備工作

重要的東西和垃圾，有沒有混在一起？

將需要的東西和不需要的東西分類。

如何決定收納的地方

! 相似的東西擺在同樣的地方。

寫字和畫畫的工具　　玩具

! 把東西放在靠近使用時的地方。

整理的順序

不知道東西該放回哪裡時，可以跟家人一起確定擺放的地方。

> 把東西一個一個放到原本的位置吧！

下次一個人也能收拾了。

> 大家一起動手整理，動作好快喔！

> 真乾淨，好舒服啊！

打掃玄關

玄關就是家的門面，記得常常打掃乾淨。
對來訪的客人和回家的家人來說，
漂亮的玄關就像燦爛的笑容一樣歡迎著他們。

掃把的用法

一手握著上方、
另一手握著
下方，

上面的手扶住
掃把，下面的
手用力揮動。

慢慢移動位置，把
垃圾集中在一起，

最後把垃圾
掃進畚箕裡。
畚箕可以慢
慢往後移動，
裝進垃圾。

掃把往上揮，灰塵
就會漫天飛舞，記
得掃的時候要稍微
往下壓。

打掃玄關的步驟

先從脫鞋處的角落開始。

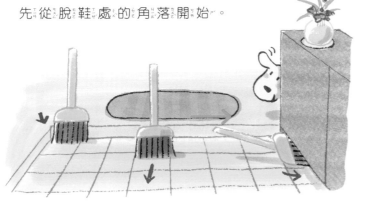

往門口的
方向掃。

掃出鞋櫃下方
堆積的灰塵。

把灰塵集中在一個
地方，掃進畚箕裡。

打掃家門前的道路時，
自己家和隔壁鄰居家約
一公尺的交界處以外，
也可以順手幫忙打掃。

打掃浴室

打掃浴室就像玩水一樣，非常有趣，
每天稍微打掃一下，就能夠常保浴室的清潔。
大家一起同心協力，把浴室洗得乾乾淨淨！

等你長大要學會
一個人打掃浴室喔！

好。

擦拭髒汙的地方

浴室裡什麼地方會有汙垢呢？
在海棉抹上清洗身體時用的肥皂，
搓出泡沫，把汙垢擦乾淨吧！

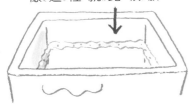

像這裡就比較髒。

熱水放掉後，浴槽
邊緣可以看到髒汙
的痕跡。

放小椅子的
地板附近也
很容易髒。

牆壁也會
沾到洗髮
精或肥皂
的泡沫。

注意！

黴菌的地方，要大人來打掃

浴室裡黑色的痕跡就是黴菌，
黴菌要使用專用的洗潔精來清洗。

最後用蓮蓬頭沖洗乾淨

洗刷完後用蓮蓬頭沖洗乾淨。
這時不用熱水，而是用冷水，
不要讓浴室裡殘留溼氣。

打掃完浴室後，記得打開門窗，
按下通風扇的開關，
讓浴室裡保持乾燥。

打掃廁所

廁所是不太乾淨的地方，大家可能不太想打掃，
但廁所也是家裡不可或缺的重要空間。
只要每個用過的人都保持乾淨，
廁所就不會變得太髒。

用完之後，馬上打掃

上完廁所後，記得確認一下有沒有髒汙。

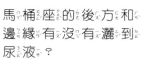

要檢查這裡！

馬桶裡有沒有
大便的痕跡？
記得用衛生紙或
刷子擦洗乾淨。

馬桶座的後方和
邊緣有沒有灑到
尿液？
可以用衛生紙或
紙巾清潔。

頭髮和衛生紙的
碎屑有沒有掉下
來？記得撿起來
丟到馬桶或
垃圾桶裡。

剛沾上的時
候，很簡單
就能洗掉。

確實打掃

想要清潔得更澈底時……

❗ 用抹布確實擦拭馬桶座和周圍。

❗ 用吸塵器清潔地上的髒汙或用抹布擦拭。

如果打掃乾淨，
廁所神明就會
保佑我們。

專欄 讓空間變乾淨，心也會變清爽

打掃和整理有很神奇的力量。

當我們生活的空間變乾淨時，自己的心也會一樣變得清爽漂亮喔！

打掃，就是當房間髒亂的時候，用吸塵器或抹布，把髒汙清除乾淨。整理，就是把平常使用的東西放回原本的地方。

其實就是這麼簡單，只要房間打掃乾淨，自己的心情也會變得開朗又有精神。

收拾散放在外面的物品，自己雜亂的心情好像也整理得清爽又乾淨。

所以，我們最好能夠學會自己來打掃和整理。因為這可以讓我們保持一顆清爽潔淨又活力百倍的心。

不過，打掃和整理也是麻煩的工作。該怎麼樣才能讓它不麻煩呢？

答案很簡單。當我們發現房間有灰塵的時候，馬上開始打掃。發現有繪本沒收好時，馬上把它放回原本的地方。

能夠自己去發現、自己完成，打掃和收拾就會變成很有趣的工作喔！

今天的陽光好燦爛，是個適合洗衣服的好日子。

讓我們把大床單、小手帕，或是T恤和室內鞋，都一起洗得乾乾淨淨吧！

晒得乾爽又硬挺的睡衣和柔軟的毛巾上，都有太陽的味道呢！

洗衣和收納

找一找能幫忙的地方

有幾項是自己能做到的事呢？

❋ 晒乾後的衣服該怎麼辦呢？　　　　❋ 室內鞋只要泡在水裡就可以了嗎？

❋ 襯衫該怎麼晒呢？　　　　　　　　❋ 襪子該怎麼晒才好呢？

❋❋❋ 再試著找一找其他地方吧！

衣服（ㄈㄨˊ）的（ㄉㄜ˙）晒（ㄕㄞˋ）法（ㄈㄚˇ）

洗（ㄒㄧˇ）衣（ㄧ）機（ㄐㄧ）可（ㄎㄜˇ）以（ㄧˇ）幫（ㄅㄤ）我（ㄨㄛˇ）們（ㄇㄣˊ）把（ㄅㄚˇ）髒（ㄗㄤ）衣（ㄧ）服（ㄈㄨˊ）洗（ㄒㄧˇ）乾（ㄍㄢ）淨（ㄐㄧㄥˋ），
但（ㄉㄢˋ）是（ㄕˋ）下（ㄒㄧㄚˋ）一（ㄧ）步（ㄅㄨˋ）它（ㄊㄚ）可（ㄎㄜˇ）沒（ㄇㄟˊ）辦（ㄅㄢˋ）法（ㄈㄚˇ）幫（ㄅㄤ）忙（ㄇㄤˊ），
所（ㄙㄨㄛˇ）以（ㄧˇ）如（ㄖㄨˊ）果（ㄍㄨㄛˇ）能（ㄋㄥˊ）幫（ㄅㄤ）忙（ㄇㄤˊ）晒（ㄕㄞˋ）衣（ㄧ）服（ㄈㄨˊ），
家（ㄐㄧㄚ）人（ㄖㄣˊ）一（ㄧ）定（ㄉㄧㄥˋ）會（ㄏㄨㄟˋ）很（ㄏㄣˇ）開（ㄎㄞ）心（ㄒㄧㄣ）的（ㄉㄜ˙）。

洗完衣服馬上晾起來，就不會皺皺的喔。

我也來幫忙。

還有我！

各（ㄍㄜˋ）種（ㄓㄨㄥˇ）衣（ㄧ）服（ㄈㄨˊ）的（ㄉㄜ˙）晒（ㄕㄞˋ）法（ㄈㄚˇ）

晒（ㄕㄞˋ）T恤（ㄒㄩˋ）

簡單的折好放在手上，用力拍打。拍過後可以去除衣服上的皺紋。

晒衣架從下（ㄒㄧㄚˋ）方放入。從上（ㄕㄤˋ）方放入會把領（ㄌㄧㄥˇ）口拉寬喔。

晒（ㄕㄞˋ）毛（ㄇㄠˊ）巾（ㄐㄧㄣ）

兩手拿著毛巾的邊緣，用力甩出聲音。

掛在毛巾架或衣架上，緊緊拉直。

晒（ㄕㄞˋ）襪（ㄨㄚˋ）子（ㄗ˙）

左右兩隻襪子放在一起，用洗衣夾夾好。應該讓腳尖朝上，還是束口朝上呢？

兩種方式都可以喔，你們家的曬法是哪一種呢？

晒衣服時的小訣竅

良好通風

衣服要靠風的力量來吹乾，最好能放在通風良好的地方。

保持間隔

晒衣服時如果靠得太緊，空氣就無法流通。記得要拉開十公分左右的間隔。

搬送方法

要把衣服從洗衣機搬到晒衣服的地方，怎麼搬才好呢？
可以請家人告訴你喔！

掛在衣架後帶走

全部一起用手搬

裝進晒衣籃裡

有很多種不同的方法喔！

衣服的分類

晒衣服時，要依據種類和收納的地方來分類，你知道哪些東西是同一組的嗎？

好像猜謎遊戲喔！

我要猜我要猜，你不要說答案。

衣服的折法

晒得乾爽又硬挺的衣服，也要折得漂漂亮亮，晒好的衣服收進來後沒折好，就會皺巴巴的喔。

折衣服的方式要考慮到收衣服的地方。

我能不能折得漂亮呢？

襪子也要折嗎？

各類衣服的折法

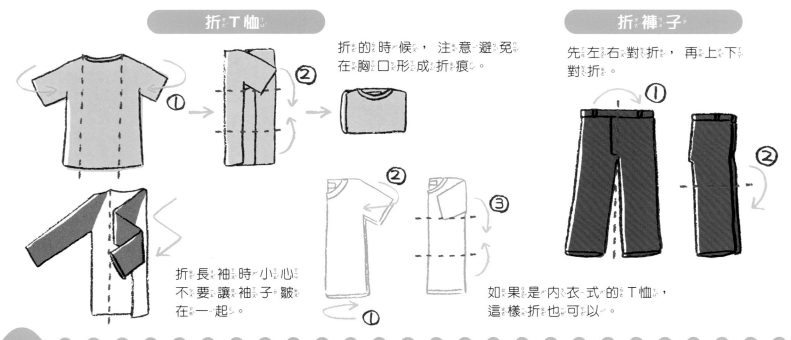

折T恤

折的時候，注意避免在胸口形成折痕。

折長袖時小心不要讓袖子皺在一起。

折褲子

先左右對折，再上下對折。

如果是內衣式的T恤，這樣折也可以。

20

折內褲

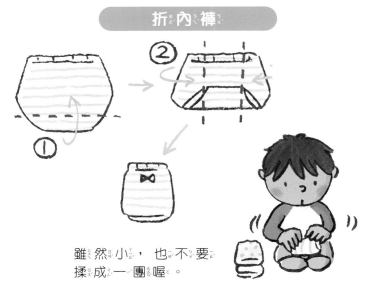

雖然小，也不要揉成一團喔。

折毛巾

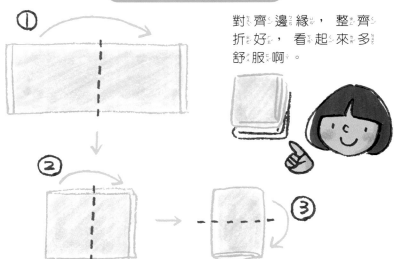

對齊邊緣，整齊折好，看起來多舒服啊。

折襪子

襪子有許多不同的折法，你喜歡哪一種呢？

對折　　　三角折法　　　束口反折

可以搭配抽屜和收納籃的形狀調整折法，這樣就會更容易收納，可以跟家人一起想想唷。

謝謝！大家都折得好整齊喔。

每種衣服的折法都不一樣。

我折成三角形！

乾淨衣物的收納方法

洗好的衣物，為了方便下次使用，
記得收回原來的地方，
放進抽屜時，
你是不是能小心整理，
不讓衣服變皺呢？

毛巾要收在哪裡呢？
還有，收納襪子的地方，你知道嗎？
如果能知道每樣東西放的地方
就太好了。

我知道！

各種收納的方法

衣物有很多不同的收納方法，可以考慮使用時的狀況來收納喔。

平放在抽屜裡

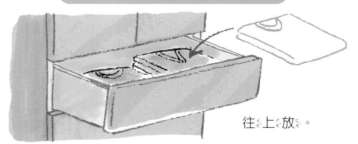

往上放。

立放在抽屜裡

往裡放。

排在架子上

往下放。

丟進籃子裡

只要往裡丟
就行了。

每件衣物該怎麼
收納，可以看看
放在裡面的東西
就知道了。

洗衣服

不小心沾到食物或泥巴的衣服必須要做「局部」清洗，馬上清洗，髒汙比較容易洗乾淨。

如果能夠自己先局部清洗，之後就能放進洗衣機裡一起洗，洗衣也會變得更輕鬆喔！

清洗的方法

任何髒汙，重要的就是沾到後要馬上清洗。

在髒的地方抹上肥皂。

用兩手的指尖抓住，用力搓洗。

髒汙的部分是不是洗乾淨了呢？如果乾淨了就可以丟入洗衣籃裡。

洗完後，要檢查水有沒有灑到地上。如果灑到地上，也要記得擦乾淨喔！

髒汙的種類

不同的髒汙也有不同的清洗方法。

用水洗

醬油的痕跡

溶於水的顏料

血的痕跡

用肥皂洗

沾到番茄醬

沾到巧克力

沾到泥巴

清洗室內鞋

週末帶回家的室內鞋，可以趁著假日自己洗乾淨，懷著「平常真是謝謝你了」的感謝心情，把鞋刷得乾乾淨淨吧！

這是洗鞋用的刷子，這種刷子可以一直伸到指尖的部分，非常好用喔！

形狀真有趣。

可以跟家人一起到店裡去買自己專用的刷子。你喜歡哪個顏色呢？

清洗的方法

浸溼整雙室內鞋。

把鞋子用的洗潔劑倒在刷子上。

左手拿穩鞋子，右手拿著刷子清洗整雙鞋。

特別髒的部分要仔細刷洗。

鞋子裡面和腳尖處是不是都洗乾淨了呢？有沒有忘記洗鞋底？

洗好後排在報紙上晾乾。

24

專欄 乾淨衣服穿上身，心情大不同

穿上了洗乾淨又硬挺的衣服，就會變得好開心，又很想出門，好像連心情也洗得乾淨清爽。

乾淨的衣服就是有這種讓人心情煥然一新的力量。相反的，如果衣服不乾淨，心情也會跟著懶散。

而且影響到的可不只是自己的心情喔！

身上穿著乾淨的衣服，手裡拿著疊好的手帕，旁邊的人會覺得，「這孩子真是規矩又乾淨」。

到別人的家裡拜訪時，

或是入學典禮、發表會等重要的場合時，身穿乾淨的衣服，旁人看了也會很高興，並覺得「這孩子很重視這個場合」。

在家人提醒前，如果發現衣服髒了，要學會自己拿去洗。室內鞋帶回家後，也別忘了洗乾淨。

跟家人一起折好的衣服，要帶著感謝的心情，自己好好放回收納的地方。

從今以後，自己的衣服要學會自己負責保持整潔喔！

「我要開動了」、「我吃飽了」。
用餐時是大家齊聚的開心時間，
餐前的準備和餐後的收拾，
大家一起幫忙就能更快完成。

三餐的準備和收拾

找一找能幫忙的地方　　有幾項是自己能做到的事呢？

* 會不會在吃飯前準備餐具？
* 會不會把熱騰騰的米飯裝進碗裡？

* 吃飯的時候不需要喝東西嗎？
* 能不能讓沙拉看起來更好吃？

　　　　* * * 再試著找一找其他地方吧！

淘(ㄊㄠˊ)米(ㄇㄧˇ)

想(ㄒㄧㄤˇ)要(ㄧㄠˋ)吃(ㄔ)到(ㄉㄠˋ)好(ㄏㄠˇ)吃(ㄔ)的(ㄉㄜ˙)米(ㄇㄧˇ)飯(ㄈㄢˋ)，就(ㄐㄧㄡˋ)要(ㄧㄠˋ)帶(ㄉㄞˋ)著(ㄓㄜ˙)
「希(ㄒㄧ)望(ㄨㄤˋ)你(ㄋㄧˇ)變(ㄅㄧㄢˋ)得(ㄉㄜ˙)好(ㄏㄠˇ)吃(ㄔ)」的(ㄉㄜ˙)心(ㄒㄧㄣ)來(ㄌㄞˊ)淘(ㄊㄠˊ)米(ㄇㄧˇ)，
這(ㄓㄜˋ)麼(ㄇㄜ˙)一(ㄧ)來(ㄌㄞˊ)，就(ㄐㄧㄡˋ)可(ㄎㄜˇ)以(ㄧˇ)煮(ㄓㄨˇ)出(ㄔㄨ)飽(ㄅㄠˇ)滿(ㄇㄢˇ)又(ㄧㄡˋ)好(ㄏㄠˇ)吃(ㄔ)的(ㄉㄜ˙)米(ㄇㄧˇ)飯(ㄈㄢˋ)喔(ㄛ˙)。

> 仔細看看媽媽是怎麼洗的喔！

> 變好吃吧！
> 變好吃吧！

> 你知道家裡用的是哪一種米嗎？每種米的淘洗方法都不太一樣喔！

淘(ㄊㄠˊ)米(ㄇㄧˇ)方(ㄈㄤ)法(ㄈㄚˇ)

把(ㄅㄚˇ)量(ㄌㄧㄤˊ)好(ㄏㄠˇ)分(ㄈㄣ)量(ㄌㄧㄤˋ)的(ㄉㄜ˙)米(ㄇㄧˇ)裝(ㄓㄨㄤ)進(ㄐㄧㄣˋ)電(ㄉㄧㄢˋ)鍋(ㄍㄨㄛ)的(ㄉㄜ˙)內(ㄋㄟˋ)鍋(ㄍㄨㄛ)裡(ㄌㄧˇ)。

第(ㄉㄧˋ)三(ㄙㄢ)次(ㄘˋ)和(ㄏㄜˊ)第(ㄉㄧˋ)四(ㄙˋ)次(ㄘˋ)要(ㄧㄠˋ)使(ㄕˇ)用(ㄩㄥˋ)掌(ㄓㄤˇ)心(ㄒㄧㄣ)快(ㄎㄨㄞˋ)速(ㄙㄨˋ)淘(ㄊㄠˊ)洗(ㄒㄧˇ)，如(ㄖㄨˊ)果(ㄍㄨㄛˇ)太(ㄊㄞˋ)用(ㄩㄥˋ)力(ㄌㄧˋ)會(ㄏㄨㄟˋ)把(ㄅㄚˇ)米(ㄇㄧˇ)壓(ㄧㄚ)壞(ㄏㄨㄞˋ)的(ㄉㄜ˙)喔(ㄛ˙)。

把(ㄅㄚˇ)水(ㄕㄨㄟˇ)裝(ㄓㄨㄤ)進(ㄐㄧㄣˋ)內(ㄋㄟˋ)鍋(ㄍㄨㄛ)，用(ㄩㄥˋ)手(ㄕㄡˇ)指(ㄓˇ)快(ㄎㄨㄞˋ)速(ㄙㄨˋ)攪(ㄐㄧㄠˇ)動(ㄉㄨㄥˋ)一(ㄧ)圈(ㄑㄩㄢ)後(ㄏㄡˋ)，將(ㄐㄧㄤ)水(ㄕㄨㄟˇ)倒(ㄉㄠˋ)掉(ㄉㄧㄠˋ)。再(ㄗㄞˋ)次(ㄘˋ)裝(ㄓㄨㄤ)水(ㄕㄨㄟˇ)，快(ㄎㄨㄞˋ)速(ㄙㄨˋ)洗(ㄒㄧˇ)完(ㄨㄢˊ)一(ㄧ)遍(ㄅㄧㄢˋ)後(ㄏㄡˋ)，再(ㄗㄞˋ)把(ㄅㄚˇ)水(ㄕㄨㄟˇ)倒(ㄉㄠˋ)掉(ㄉㄧㄠˋ)。這(ㄓㄜˋ)樣(ㄧㄤˋ)就(ㄐㄧㄡˋ)可(ㄎㄜˇ)以(ㄧˇ)把(ㄅㄚˇ)沾(ㄓㄢ)在(ㄗㄞˋ)米(ㄇㄧˇ)表(ㄅㄧㄠˇ)面(ㄇㄧㄢˋ)的(ㄉㄜ˙)灰(ㄏㄨㄟ)塵(ㄔㄣˊ)洗(ㄒㄧˇ)掉(ㄉㄧㄠˋ)。

最(ㄗㄨㄟˋ)後(ㄏㄡˋ)倒(ㄉㄠˋ)入(ㄖㄨˋ)煮(ㄓㄨˇ)飯(ㄈㄢˋ)所(ㄙㄨㄛˇ)需(ㄒㄩ)要(ㄧㄠˋ)的(ㄉㄜ˙)水(ㄕㄨㄟˇ)量(ㄌㄧㄤˋ)，內(ㄋㄟˋ)鍋(ㄍㄨㄛ)上(ㄕㄤˋ)都(ㄉㄡ)有(ㄧㄡˇ)刻(ㄎㄜˋ)度(ㄉㄨˋ)。看(ㄎㄢˋ)刻(ㄎㄜˋ)度(ㄉㄨˋ)就(ㄐㄧㄡˋ)知(ㄓ)道(ㄉㄠˋ)需(ㄒㄩ)要(ㄧㄠˋ)多(ㄉㄨㄛ)少(ㄕㄠˇ)水(ㄕㄨㄟˇ)了(ㄌㄜ˙)。

糙米

好吃米

無洗米
不需要洗米喔

> 每粒米都住著七位神明，淘米時要仔細倒水，不要把米也倒掉了。

盛飯·捏飯糰

讓米飯變得好吃的訣竅，就是把米飯漂漂亮亮
裝進碗裡，另一種方法就是捏出好吃的飯糰。
不管哪一種吃法，還是蓬鬆的米飯最好吃！

我最喜歡吃媽媽捏的飯糰了！

用剛煮好的飯來捏飯糰最好吃。

不會很燙嗎？

電鍋蓋子沒蓋好，米飯很容易變得乾硬，盛完飯後記得馬上蓋上蓋子喔。

盛飯的方法

盛飯時用飯匙分成兩次來裝。

先輕輕挖鬆電鍋裡的米飯。

左手拿著碗……。

先鬆鬆裝進半碗的分量。

第二匙再調整成自己能吃完的分量。

捏飯糰的方法

準備好水、鹽，還有米飯。

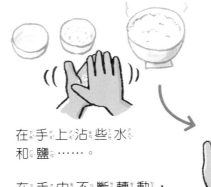

在手上沾些水和鹽……。

在手中不斷轉動，上面的手彎成銳角，就可以捏出三角形了。

一隻手在下，放上米飯，另一隻手從上方包住、捏緊米飯。

有沒有捏出外面緊實，內部鬆軟的飯糰呢？

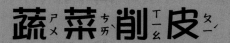

蔬菜削皮

蔬菜的皮比較硬，必須先削掉再煮。你會不會仔細削皮呢？小心不要連能吃的地方也削掉囉！

你能幫媽媽削皮，那我做菜就方便多了。

我要剝洋蔥的皮。

那我來幫忙切小黃瓜。

削皮或切片都叫做「事先準備」喔！

需要削皮和不需要削皮的東西　＊跟家人一起想想吧

❋ 哪些蔬菜能輕鬆把皮剝下來呢？
❋ 哪些需要用刨刀或菜刀來削皮呢？
❋ 哪些不需要削皮呢？

※ 使用菜刀和刨刀的方法，要跟家人一起練習喔。

剝洋蔥

嗚，流眼淚了。

從上面開始剝起，第一片，第二片……。

箭頭所指的地方，也可以煮，不用剝掉，免得浪費。

剝下來的皮要集中丟掉。

先把洋蔥冰起來，剝的時候，比較不容易流眼淚喔。

把菜裝盤

家人做好的美味料理，裝盤後看起來會更好吃。
每一道菜適合的盤子和看來好吃的分量，
都不太一樣喔。

放進這個盤子裡，看起來一定很好吃。

幫我把沙拉裝盤吧。

我最喜歡吃蔬菜了。

這種裝盤的方法叫做「堆疊」，熱炒和炒麵等等，也都是一樣的裝盤法喔！

沙拉的裝盤

生菜等葉菜類蔬菜與玻璃或白色器皿很搭。
生菜要擺放得蓬鬆一些，蕃茄和黃瓜不要集中在同一個地方，要分散放。

炸雞塊的裝盤

不要把雞塊散在整個盤子上，盡量放在中間，像堆起一座小山一樣，這樣看起來比較好吃。下面鋪些生菜，看起來就更好吃了。

盛裝味噌湯

除了湯汁外，也要小心別老是在同一碗裡裝同樣的料喔。還要記得檢查碗的邊緣有沒有弄髒。

不要裝得太滿，否則拿的時候容易灑出來，也不方便喝。

擺放漢堡排的配菜

事先空出放漢堡肉的地方。
有湯汁的東西和馬鈴薯等容易吸湯汁的東西，不要擺在隔壁。

擺放餐具・端菜

全家人一起享用美味的菜餚前，
讓我們替坐在桌前的每一個人，把碗盤擺好吧！
你能不能從廚房把每一道菜端到桌上，
而且不灑出來呢？

飯菜準備好了，
把大家的餐具都
擺好吧！

好，我來拿碗。

要記住喔！

吃飯時，最常拿起的飯
碗放在左手邊，不需要
拿起盤子吃的菜，放在
碗的後方。餐具要放在
最容易拿的地方。

擺放餐具

餐具的擺法是有規則的。

左邊放飯碗，
右邊放湯碗。

筷子放在最靠近
自己的地方，手
握的地方朝右邊。

菜放在飯碗的後方。

端菜

從廚房端飯菜出來的時候，放在托盤上比較安全。

碗盤要用兩手端起，放在托盤裡。

注意腳邊的東西，慢慢的走。

唉呀，如果貪心放太多是很危險的喔！

擺上桌時，先把托盤放在桌面上。要注意托盤是不是完全放在桌上了？小心別讓托盤掉下去了。

大盤子也可以用兩手直接端出來。

大家一起吃的菜可以放在大盤子裡。夾菜的時候要用公筷或湯匙。

我要開動了！

吃完飯後把餐具拿到流理臺清洗

享用完美味的餐點後，就到了收拾的時間。不要把油膩的餐具留在桌上，盡快收拾乾淨，看起來也會神清氣爽。

跟爸爸一起收拾吧。

那我負責洗碗。

我把盤子疊起來端走。

你家是哪一種方式呢？

由媽媽負責端碗盤。

每個人端自己的餐具。

分成端餐具的人和洗餐具的人。

可以跟家人一起討論後決定。

把餐具端到流理臺

端餐具的時候要小心，別讓盤子上的油膩沾到其他餐具。
使用托盤就可以一次拿很多餐具喔。

沒沾上油膩的東西可以疊起來放。

端太重的東西很危險喔。

上面有油汙的碗盤不要重疊，要分開來端唷！

該怎麼放在流理臺好呢？

碗盤上的油膩汙漬乾了之後很難清洗乾淨，最好先浸泡在水裡，如果有洗碗盤專用的籃子，可以先泡在裡面。

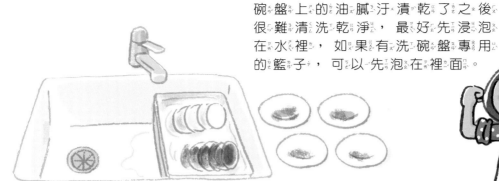

我要好好收拾。

我也是。

清洗餐具時，從比較不髒的東西，慢慢洗到較油膩的東西。

洗餐具

吃完點心後，會不會自己清洗杯子和碗盤呢？

在菜瓜布倒一些洗潔精，搓出泡泡。

餐具的背後和角落容易殘留汙垢，要仔細洗乾淨喔。

左手拿穩碗盤，右手用力搓洗。

等到全部洗完之後……。

再用水沖乾淨就大功告成了。

餐具的擦拭與收納

吃完飯後，記得把洗得亮晶晶的碗盤放回原本的地方。把所有的東西都收拾乾淨後，清爽的樣子看了真令人開心。

擦完之後要把同類的餐具疊在一起。

最近有很多家庭不用擦碗巾，不過，也不妨學會使用擦碗巾的方法。

用抹布擦得乾乾淨淨的就可以了嗎？

大家一起動手，很快就完成了。

擦拭餐具

溼溼的餐具很滑，拿的時候要小心。

右手拿著擦碗巾將水分擦乾淨。

用左手拿穩餐具。

正面和背面都擦完，就大功告成了！

收納餐具

會不會放回原本的地方呢？

小心用雙手拿著，避免摔破。

放進餐具櫃時，先把靠外面的餐具拿出來，再放到後方，接著再把靠外面的餐具放回去。

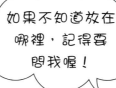

如果不知道放在哪裡，記得要問我喔！

高的地方很危險，就請家人幫忙吧！

專欄

替喜歡的人做飯，
可以連結彼此的心意

吃到美味的東西總是會忍不住微笑。跟好朋友一起吃飯，也會覺得心情好愉快。

美味食物具有軟化人心的力量。

不過老是吃著別人做好的飯菜，可沒辦法發揮這種「美食魔法」的真正實力。

當你想讓別人吃到美味食物，在替蔬菜削皮、淘米、用心準備時，心裡都會浮現對方的身影。

這時候就會給飯菜加入更美味的魔法。

不只是做飯的時候呢！

「今天要煮什麼菜呢？」、「用這個盤子看起來應該會更好吃吧！」在思考這些問題時也一樣具有魔力。吃完後說「謝謝」，仔細把開心吃完的碗盤洗乾淨時，也有同樣的魔力。

心裡想著喜歡的人的笑臉，手和心都在活動，所以才能夠連結起彼此的心意。

為了讓你的手也能具備自由運用這些魔法的力量，記得在幫忙家事的同時，別忘了慢慢學會做菜的方法喔！

家ㄐㄧㄚ事ㄕˋ小ㄒㄧㄠˇ幫ㄅㄤ手ㄕㄡˇ

澆花、擦鞋、看家……。
在家裡還有很多可以幫忙的事呢！
為了讓大家都能夠過得安心舒適，
想想自己還能做什麼吧！

找一找能幫忙的地方　有幾項是自己能做到的事呢？

✳ 被雨淋溼的雨傘該怎麼辦？

✳ 信箱裡好像塞著報紙呢？

✳ 樹和花看起來都乾乾的，好像很想喝水。

✳ 家裡的垃圾袋變多了，該怎麼辦？

✳✳✳ 再試著找一找其他地方吧！

整理鞋·擦鞋

每天都陪著我們一起出門玩耍的鞋子，讓我們帶著「平常真是謝謝你了」的心情，把鞋子放好，擦乾淨，好好愛惜。

> 玄關看起來好像鞋店喔！

> 今天天氣真好，我們把家裡的鞋子，全部擦乾淨吧。

> 我來替爸爸擦鞋。

擦鞋時要注意的地方！

* 皮鞋要用乾布擦拭，請家裡的人幫忙擦鞋油。
* 人造皮的鞋子要用擰乾的布仔細擦拭。
* 擦鞋時可以在陽臺、院子或是玄關等地方。

整理鞋子的方法

回家後把脫下的鞋子擺好。

脫下鞋子之後……。

抓著鞋子的後端轉個方向。

順便幫忙把其他人的鞋子也擺好。

擦鞋的方法

先去除泥巴和塵埃。

準備刷鞋用的刷子！

左手拿好鞋子……。

然後用刷子把鞋刷乾淨。

> 清理鞋子的時候有很多道具，比方說鞋刷和鞋油等，等到長大之後，就可以慢慢學習使用。

幫忙澆水．換花瓶的水

如果沒人照顧花，花很容易會枯死。替花澆水後，它們看起來很有精神，好像很高興呢！

來幫院子裡的花澆水吧！

我要來照顧花！

我也要——

澆水的方法

用澆花器替花補充水分。

正在開花的盆栽，要給土壤充分的水。弄溼了花瓣，會讓花受傷的。

都是葉子的盆栽可以從葉子上澆下很多水。

花最需要澆水的時間，在夏天是早上和傍晚，在冬天是白天。澆太多水，花也是會枯萎的。等到土變乾了再澆水吧！

更換花瓶裡的水

花看起來好高興喔！

在水變臭之前，能不能每天記得換水呢？

先把所有的花都拿出來，再換上乾淨的水。

如果花瓶裡的花不容易拿出來時，可以從花瓶開口灌進新的水，等水滿出來時舊的水就會流出來。

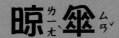 **晾（ㄌㄧㄤˊ）傘（ㄙㄢˇ）**

被雨淋溼的傘回家後記得馬上晾乾，如果沒有晾乾，下次使用時傘骨可能會生鏽，或是散發出臭味喔！

你們回來啦！淋溼的傘不可以就這樣放著喔。

那要晾在哪裡呢？

可以直接打開放在玄關或客廳嗎？

晾（ㄌㄧㄤˊ）傘（ㄙㄢˇ）的（ㄉㄜ˙）方（ㄈㄤ）法（ㄈㄚˇ）

 走進玄關前先甩甩傘，把雨滴甩掉。

可以掛在通風良好的陽台，和外牆扶手上。

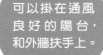

如果家裡沒有地方晾，可以等到隔天放晴晾在戶外。

乾了之後，再折好放回傘筒中。

 ## 晒傘時的重點

❋ 晒到太陽可能會讓傘布受損或變色，如果在院子裡晒傘，乾了之後記得馬上收好。

❋ 晾傘時記得確認傘骨有沒有歪曲，還有傘布上的固定珠有沒有脫落。

補充備品

家裡有很多用了後會慢慢減少的東西。
比方說衛生紙、毛巾、電池和洗髮精……。
這些東西用完後記得補上新的喔！

必須更換的東西 ＊跟家人一起想想吧

下面哪些東西需要補上新的呢？哪些東西是髒了之後得更換的呢？

> 最後一個用的人
> 如果記得更換，
> 下一個用的人
> 就不會傷腦筋了。

> 我也會更換喔！

衛生紙的更換方法

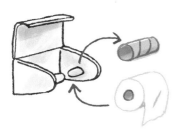

> 紙是不是撕
> 得亂七八糟
> 的？

把舊的紙筒取出、放上新的衛生紙。注意紙捲的開口方向，才能讓衛生紙從下方撕取。

把紙筒丟進垃圾桶裡。

補充洗髮精的方法

買回來的新容器，記得撕掉容器上的貼紙和固定器。

使用補充包時，打開蓋口倒入新的洗髮精。不要忘記丟掉補充包的袋子喔。

> 要讓下一個人
> 方便使用喔！

看家ㄐㄧㄚ

一個人在家的時候，家裡的工作就是自己的責任。鄰居來了、下雨了，你能不能好好照顧這個家呢？

我去買點東西，你們兩個能好好看家嗎？

沒問題，交給我吧。

要記得鎖門。

鄰居來的時候

如果別人問：「媽媽呢？」

➡ 記得告訴對方媽媽大約幾點回來。

代收東西時，

天黑了記得開燈，拉上窗簾，也是幫忙做家事的一種。

➡ 記住對方交待的事情，轉達給家人。

下雨的時候

仔細檢查家裡。

看到窗戶沒關，記得把窗戶關好。

如果還在晒衣服記得把衣服收進來。要是拿不到也不用勉強。

垃圾分類

丟垃圾的時候，你是不是把所有東西都丟在同一個垃圾桶裡呢？要學會根據不同種類來做垃圾分類。

我們住的地方，垃圾的分類很細，你記得住嗎？

玩具裡的電池可不可燃呢？

有這麼多種，好難喔！

垃圾分類的方法

垃圾會依下面的方式來分類。

可燃垃圾

廚餘、紙屑、樹枝、葉子等。

不可燃垃圾

杯子、玻璃、碗、燈泡等。

資源回收

瓶罐   紙箱

布類

寶特瓶   紙類   塑膠

還有必須要特別請人來收集的「大型垃圾」。

丟垃圾的時候

先確認垃圾材質，再丟進垃圾桶裡。你知道家裡的垃圾桶擺在哪裡嗎？

不清楚的時候

需要資源回收的東西，還有丟棄方法比較特別的家電產品，可以跟家人一起研究垃圾分類的方法。

把垃圾袋丟到收集地點

分類好的垃圾，裝進垃圾袋裡，拿到垃圾集中的地方。這時候要注意什麼，才能讓收垃圾的人工作起來更方便呢？

> 每天都要丟垃圾，如果有人願意幫忙就太好了。

> 垃圾好髒喔！我不要！

> 那我來幫忙！

垃圾袋的使用方法

> 塞太滿的垃圾袋會綁不起來喔。

為了避免搬運時垃圾袋破掉，或是讓別人受傷，裝袋的時候要特別注意。

有沒有凸出來的樹枝或尖銳的棒狀物體呢？

放在收集場所

把垃圾擺整齊。

> 大家共同使用的空間，一定要保持乾淨喔。

雜誌報紙的綁法

跟家人一起試試看吧。

把報紙和紙類疊好，先繞一圈繩子。

然後從直角方向再繞一圈。

確實綁緊之後，確認提起來的時候，報紙會不會掉出來。

最後打好結就完成了。

> 爸爸好厲害喔，下次我也想綁綁看。

照顧別人

年紀小的弟弟、妹妹和寵物，必須有人幫忙照顧。家人忙碌的時候照顧他們也是一種幫忙喔。

> 姊姊，來幫忙弟弟穿一下衣服吧。

> 好！快過來。

> 那我等一下拿飼料給約翰。

各式各樣的照顧

幫忙照顧小嬰兒

注意不要讓嬰兒的頭撞到桌子和地板，也不要讓他們接觸到危險的東西。

照顧比自己小的弟弟、妹妹

小心別讓他們跌倒，還有不要讓他們一個人跑到外面去。

> 你們兩個都很會幫忙做家事，已經是很棒的大哥哥大姊姊了呢。

餵寵物飼料

每天給寵物飼料，看到水變髒了，就替他們換上乾淨的水。

跟寵物一起玩

跟寵物一起玩的時候真的很開心，也可以挑戰替牠們清理大便和尿尿喔。

為家人付出，能讓家人之間感情更好

當我們慢慢長大，不再是小嬰兒後，自己的事也要可以自己完成。

不管是換衣服、洗頭，還有睡前的準備都一樣。能自己做好自己的事情，就會更有自信，覺得自己已經是大哥哥、大姐姐了。

長大之後，每件事情都學會自己做，接下來除了自己的事，也可以替家人分擔。

家裡的工作很多，家人看起來總是那麼的忙碌。自己能替他們做些什麼呢？

除了做菜，還要忙著整理垃圾，收拾晾乾的衣服等，有許多瑣碎的工作。

這些都是為了讓家人能夠過得更舒適。

你也可以為了家人，找出自己能幫上忙的事。看到家人在忙的時候，不妨問問他們，「有什麼我可以幫忙的事嗎？」。

為家人付出，會讓你更愛惜自己的家人。

每個人同心協力，把家裡的環境打理得更舒服，就能讓家人的感情更融洽。

作者 **辰巳 渚**

畢業於御茶之水女子大學文教育學系，育有二子，現為專職作家，也被稱為生活哲學家。著有多本家庭親子教養書，2000 年出版的《丟棄的技術》（暫譯）（寶島社）成為百萬暢銷書。為了傳達「家事就是人生大事」的哲學和實踐，也在其設立的家事塾中推動家事、整理等課程，並經常舉辦家事和家庭教育主題的講座，協助企業開發商品。

繪者 **住本奈奈海**

插畫家。在廣告代理店擔任平面設計師後，成立設計及插畫事務所「SPICE」。主要以生活教養書籍雜誌為主，製作插畫。

譯者 **詹慕如**

自由口筆譯工作者。翻譯作品散見推理、文學、設計、童書等各領域，並從事藝文、商務、科技等類型之同步口譯、會議、活動口譯。

繪本 0190

來幫忙囉！
家事小·幫手

作者｜辰巳 渚　繪者｜住本奈奈海　譯者｜詹慕如
責任編輯｜陳毓書　行銷企劃｜王予農、陳亭文　美術設計｜蕭雅慧

天下雜誌群創辦人｜殷允芃　董事長兼執行長｜何琦瑜
媒體暨產品事業群
總經理｜游玉雪　副總經理｜林彥傑　總編輯｜林欣靜
行銷總監｜林育菁　副總監｜蔡忠琦　版權主任｜何晨瑋、黃微真

出版者｜親子天下股份有限公司
地址｜台北市 104 建國北路一段 96 號 4 樓
電話｜（02）2509-2800　傳真｜（02）2509-2462
網址｜www.parenting.com.tw
讀者服務專線｜（02）2662-0332　週一～週五：09:00~17:30
讀者服務傳真｜（02）2662-6048
客服信箱｜parenting@cw.com.tw
法律顧問｜台英國際商務法律事務所 · 羅明通律師
製版印刷｜中原造像股份有限公司
總經銷｜大和圖書有限公司　電話｜（02）8990-2588

出版日期｜2016 年 12 月第一版第一次印行
　　　　　2024 年 8 月第一版第十六次印行
定　價｜320 元
書　號｜BKKP0190P
ISBN｜978-986-93918-1-8　（精裝）

訂購服務
親子天下 Shopping｜shopping.parenting.com.tw
海外・大量訂購｜parenting@cw.com.tw
書香花園｜台北市建國北路二段 6 巷 11 號　電話（02）2506-1635
劃撥帳號｜50331356 親子天下股份有限公司

立即購買 >

有趣的圖畫尋寶遊戲

1 沒放好的鞋子

3 彩虹

2 黃色小雞

4 跳繩

6 公用的叉子和湯匙

7 掃帚和畚箕

5 洗鞋刷

8 音符